ACTES SUD JUNIOR
est dirigé par Madeleine Thoby

COMPTINES
EN CHOCOLAT

Du même auteur

Outre les titres parus chez Actes Sud Junior

101 Poésies et Comptines
BAYARD

en CD et cassette
Contemimes
101 Poésies et Comptines
AUVIDIS

De la même illustratrice

La Cité des abeilles
La Fille du cirque
Yvan Mourka et le moineau
La Sacoche jaune
Chacun son tour
Mon mouchoir
PÈRE CASTOR FLAMMARION

Mademoiselle Je-sais-tout
Les Bébés de Mademoiselle Je-sais-tout
Tom-Ti-Ra
LE SORBIER

Poèmes de Prévert
GALLIMARD

Marguerite et la métaphysique
ACTES SUD JUNIOR

ISBN 2-7427-1331-X

Loi 49-956 du 16 juillet 1949
sur les publications destinées à la jeunesse

Les Petits Bonheurs

CORINNE ALBAUT

COMPTINES EN CHOCOLAT

Illustrées par
MARIE GARD

ACTES SUD JUNIOR

Pour Charles et Maxence

Devinette gourmande

Il est blanc, brun ou noir,
Il est amer ou sucré,
On peut le croquer, le boire,
Et même le tartiner.
On peut en prendre le soir,
Le matin, dans la journée.
Alors, as-tu deviné
Ce que c'est ?
À toi de chercher !

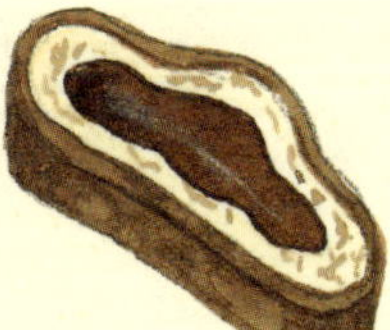

Le cacaoyer

Ohé, ohé, cacaoyer !
À l'heure du petit déjeuner
Je pense à toi et à tes fruits
Qui sous le soleil ont mûri,
Et je rêve
De tes fèves
Qu'on a séchées,
Grillées, pilées,
Qui ont voyagé en cargo
Pour finir en cacao
Mélangées avec du lait
Dans mon bol préféré.

La cabosse

Toc, toc, toc,
Qui est là ?
Choc, choc, choc,
Chocolat !
D'Amérique
Ou d'Afrique,
La cabosse
Roule sa bosse.
Chaud, chaud, chaud,
Cacao,
Froid, froid, froid,
Chocolat.

Le chocolat du roi

Autrefois, le chocolat
Était réservé au roi.
Il en buvait au réveil
Dans une tasse en vermeil,
Il en buvait au coucher
Dans une tasse dorée,
Il en buvait entre-temps
Dans une tasse en argent.

La chocolatière

Sur une étagère,
La chocolatière
De mon arrière-grand-mère
Fait la fière.
Elle est argentée,
Avec un moussoir
En ivoire
Pour agiter le cacao
Bien chaud,
Et une poignée
Pour le verser
Sans se brûler.

Les grands gourmands

On dit que les enfants
Sont de petits gourmands.
Moi j'ai vu mes parents,
Le jour du nouvel an,
Croquer des tas
De chocolats.
Les sucreries,
Les grands aiment ça
Autant que les petits.

W

Comptine en carrés

J'aime mon oreiller carré
Quand je m'endors.
J'aime ma fenêtre carrée
Pour voir dehors.
J'aime aussi mes gâteaux carrés
Quand je les mords.
Pourtant, mes carrés préférés,
Ceux que j'adore,
Sont des carrés de chocolat
Au nougat.

Les délices de décembre

Santa Claus en pain d'épice,
Petits anges en nougat,
Pommes de pin en réglisse,
Père Noël en chocolat,
Décembre est un vrai délice
Pour les gourmands comme moi.

Les boules en chocolat

Les boules qui brillent dans le sapin
Sont en verre peint,
Mais attention, pas toutes !
Si tu as un doute
Regarde de plus près.
Certaines sont en papier
Argenté
Et dedans tu trouveras
Du chocolat !

Les œufs de Pâques

La poule en chocolat pondit
De tout petits œufs dans son nid,
Des œufs de toutes les couleurs,
Joyeux comme un bouquet de fleurs,
Sans blanc ni jaune à l'intérieur.
C'étaient des œufs à la liqueur.

À la pêche aux chocolats

Dans le petit panier plat
De friture en chocolat
J'ai pêché tout un repas.
Une crevette et un brochet,
Une moule et un rouget,
Une baleine et un requin,
Une étoile et un oursin,
Un homard et une tortue.
J'ai tout mangé, tout cru !

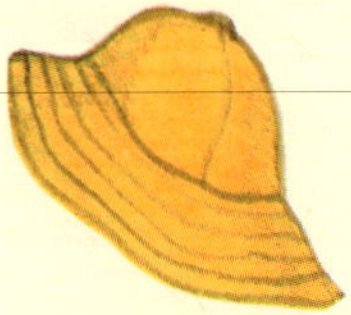

L'œuf-surprise

Qu'y a-t-il de neuf
Dans mon œuf ?
Un oiseau,
Un poisson,
Un crapaud,
Un python ?
Non, non, non.
C'est un œuf à secret :
Il contient un jouet.

Bon appétit !

Pour ma sœur,
Un petit-beurre.
Pour mon frère,
Un biscuit à la cuiller.
Pour papa,
Des langues-de-chat.
Pour maman,
Une crème au chocolat blanc.
Pour papy et mamy,
Une brioche aux fruits confits.

Un rocher à grignoter

Est-ce un rocher
Sur lequel on peut grimper,
Que l'on peut escalader ?
Non.
Est-ce un rocher
Au milieu de l'océan,
Comme une île ou un volcan ?
Non.
Ce rocher-là,
Aux noisettes et en chocolat,
Je vais le savourer
Pour mon goûter.

Soleil et chocolat

Il faisait très chaud ce jour-là.
Au fond de ma poche,
J'avais une barre de chocolat
Avec une brioche.
Quand ce fut l'heure du goûter,
Ciel ! Quelle catastrophe !
Tout était fondu, mélangé,
Collé à l'étoffe.

Je n'ai rien pu manger,
Je me suis fait gronder.
La morale de tout ça
C'est que soleil et chocolat
Ne s'entendent pas.

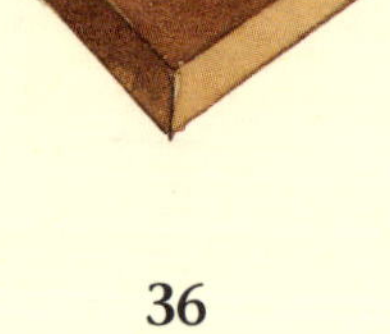

La souris en chocolat

Mamy m'a donné des sous
Pour acheter des bonbons.
J'hésite entre un roudoudou,
Des chewing-gums au citron,
Des réglisses, des caramels,
Ou une sucette au miel.

Finalement, j'ai fait mon choix,
C'est une souris en chocolat.

Des pièces à croquer

J'ai perdu ma dent de lait.
La souris l'a emportée
Et, par un tour de passe-passe,
J'ai retrouvé à sa place
Un joli petit filet
Rempli de pièces dorées.
Pas des pièces pour payer,
Non, des pièces à croquer,
En chocolat au lait.

Les macarons

Qu'ils soient au chocolat au lait,
À la pistache ou au café,
À la vanille ou au citron,
Les macarons
Sont toujours ronds,
Et très bons !

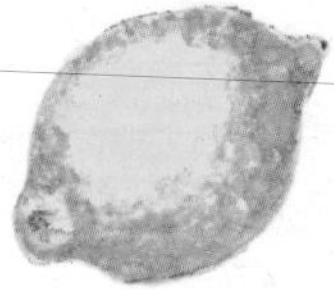

La Reine de Saba

Le nom de ce gâteau-là
C'est la « Reine de Saba ».
Dans un grand saladier,
Il faut bien mélanger
La farine tamisée,
Le sucre en poudre, et puis
Le beurre ramolli,
Le chocolat râpé
Et deux jaunes d'œufs frais.
Battre en neige les blancs
Et les verser dedans
Très délicatement.
Cuire dans un four doux
Vingt minutes, c'est tout.

(Proportions :
sucre, chocolat et beurre : 75 g ;
farine : 50 g et deux œufs.)

La charlotte de tante Elsa

Le premier dimanche
De chaque mois
On va déjeuner
Chez tante Elsa.
Elle fait du poulet
Avec des petits pois
Et une charlotte au chocolat.
Moi, les petits pois,
Je n'aime pas ça,
Mais la charlotte,
J'en prends deux fois.

Les pains au chocolat

Dans la vitrine du boulanger
Sont alignés
Des petits pains dodus, dorés,
Beaux à croquer.
– Maman, veux-tu m'en acheter
Pour mon goûter ?
Les petits pains au chocolat,
Moi, j'adore ça !

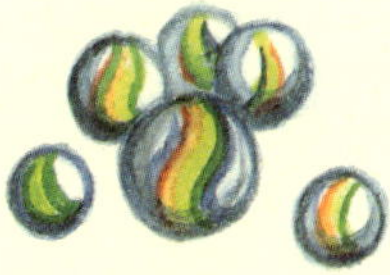

L'éclair

Il est passé comme un éclair
De mon assiette à ma cuiller,
Et de ma cuiller à ma bouche.
Il est composé de trois couches.
Deux sont faites de pâte à choux,
L'une dessus, l'autre dessous,
Et, bien caché entre les deux,
S'étale un chocolat crémeux.

Douces mousses

La mousse au chocolat
Est aussi douce,
Quand elle fond dans ta bouche,
Que la mousse des bois
Qui caresse tes doigts
Quand tu la touches.

Noisettes et chocolat

Qui a caché des noisettes
Dans le chocolat au lait ?
L'écureuil ou bien la chouette
Qui vivent dans le noisetier !
Quand je les ai interrogés,
L'un m'a répondu « frou »,
L'autre m'a dit « hou hou hou ».
Me voilà bien avancée !
Ça ne m'a pas empêchée
De tout manger.

D'humeur chocolat

Quand on est un peu dingue
On mange des meringues.
Quand on est fatigué
On grignote des sablés.
Quand on se trouve moche
On dévore des brioches.
Quand on a de la peine
On pleure sur des madeleines.
Et quand plus rien ne va
On croque du chocolat.

Chocolat de haut en bas

Chocolat, il faut qu'on le dise,
Haut en parfums et en couleurs,
Objet de notre gourmandise,
C'est la sucrerie la meilleure.
Où que l'on goûte cette friandise,
La nuit, le jour, c'est un bonheur.
Avec tant de saveurs exquises
Toute la vie devient douceur.

Cache-cache images

Clin d'œil de l'illustrateur,
Dans chaque grande image,
Un détail d'un dessin précédent
Est venu se poser en passant
Par le bas d'une page.
Alors, es-tu observateur ?

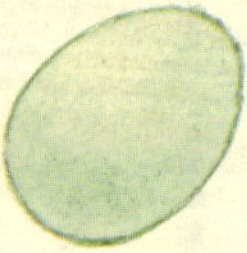
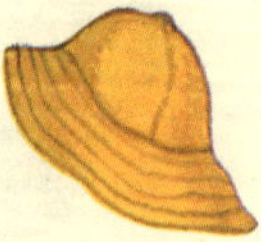

Table des comptines

W

Conception graphique,
direction artistique et réalisation :
Repères Communication.

Reproduit et achevé d'imprimer
en août 1997
par l'imprimerie Clerc
à Saint-Amand-Montrond
sur papier des
Papeteries de Jeand'heurs
pour le compte des éditions
ACTES SUD
Le Méjan
Place Nina-Berberova
13200 Arles.

Dépôt légal
1re édition : septembre 1
N° imprimeur : 6587
(Imprimé en France)